# A ARQUITETURA LITERÁRIA DE EÇA DE QUEIROZ
## CONSIDERAÇÕES SOBRE A PROSA QUEIROSIANA

Editora Appris Ltda.
1.ª Edição - Copyright© 2024 da autora
Direitos de Edição Reservados à Editora Appris Ltda.

Nenhuma parte desta obra poderá ser utilizada indevidamente, sem estar de acordo com a Lei nº
9.610/98. Se incorreções forem encontradas, serão de exclusiva responsabilidade de seus organi-
zadores. Foi realizado o Depósito Legal na Fundação Biblioteca Nacional, de acordo com as Leis nᵒˢ
10.994, de 14/12/2004, e 12.192, de 14/01/2010.

Catalogação na Fonte
Elaborado por: Josefina A. S. Guedes
Bibliotecária CRB 9/870

| | |
|---|---|
| P654a<br>2024 | Pinheiro, Ionara Conceição Lemos<br>A arquitetura literária de Eça de Queiroz: considerações sobre a prosa queirosiana / Ionara Conceição Lemos Pinheiro.<br>1. ed. – Curitiba: Appris, 2024.<br>76 p. ; 21 cm. – (Linguagem e literatura).<br><br>Inclui referências.<br>ISBN 978-65-250-6015-6<br><br>1. Literatura portuguesa – Crítica e interpretação. 2. História. 3. Cinema.<br>I. Título. II. Série.<br><br>CDD – P869.09 |

Livro de acordo com a normalização técnica da ABNT

**Appris** editora

Editora e Livraria Appris Ltda.
Av. Manoel Ribas, 2265 – Mercês
Curitiba/PR – CEP: 80810-002
Tel. (41) 3156 - 4731
www.editoraappris.com.br

Printed in Brazil
Impresso no Brasil

Ionara Conceição Lemos Pinheiro

# A ARQUITETURA LITERÁRIA DE EÇA DE QUEIROZ
## CONSIDERAÇÕES SOBRE A PROSA QUEIROSIANA

# FICHA TÉCNICA

| | |
|---|---|
| EDITORIAL | Augusto V. de A. Coelho |
| | Sara C. de Andrade Coelho |
| COMITÊ EDITORIAL | Marli Caetano |
| | Andréa Barbosa Gouveia - UFPR |
| | Edmeire C. Pereira - UFPR |
| | Iraneide da Silva - UFC |
| | Jacques de Lima Ferreira - UP |
| SUPERVISOR DA PRODUÇÃO | Renata Cristina Lopes Miccelli |
| PRODUÇÃO EDITORIAL | Daniela Nazario |
| REVISÃO | Ana Carolina de Carvalho Lacerda |
| DIAGRAMAÇÃO | Renata Cristina Lopes Miccelli |
| CAPA | João Vitor |

### COMITÊ CIENTÍFICO DA COLEÇÃO LINGUAGEM E LITERATURA

DIREÇÃO CIENTÍFICA    Erineu Foerste (UFES)

CONSULTORES

Alessandra Paola Caramori (UFBA)

Alice Maria Ferreira de Araújo (UnB)

Célia Maria Barbosa da Silva (UnP)

Cleo A. Altenhofen (UFRGS)

Darcília Marindir Pinto Simões (UERJ)

Edenize Ponzo Peres (UFES)

Eliana Meneses de Melo (UBC/UMC)

Gerda Margit Schütz-Foerste (UFES)

Guiomar Fanganiello Calçada (USP)

Ieda Maria Alves (USP)

Ismael Tressmann (Povo Tradicional Pomerano)

Joachim Born (Universidade de Giessen/ Alemanha)

Leda Cecília Szabo (Univ. Metodista)

Letícia Queiroz de Carvalho (IFES)

Lidia Almeida Barros (UNESP-Rio Preto)

Maria Margarida de Andrade (UMACK)

Maria Luisa Ortiz Alvares (UnB)

Maria do Socorro Silva de Aragão (UFPB)

Maria de Fátima Mesquita Batista (UFPB)

Maurizio Babini (UNESP-Rio Preto)

Mônica Maria Guimarães Savedra (UFF)

Nelly Carvalho (UFPE)

Rainer Enrique Hamel (Universidad do México)

*Dedico este trabalho a Ivanildo e Teonila (meus pais), Adriano (o parceiro que a vida me deu), Iany (nossa cria), Ivaniara e Talita (minhas irmãs) e a todos que acreditaram sempre na minha capacidade.*

*Agradeço a Deus, por me dar diariamente força, saúde e fé para vencer os obstáculos; à minha família, por me ajudar a superá-los e a todos os meus professores por me ensinar como fazê-lo.*

*Quem pensa por si mesmo é livre*
*e ser livre é coisa muito séria:*
*não se pode fechar os olhos,*
*não se pode olhar pra trás,*
*sem se aprender alguma coisa*
*pro futuro...*

*(Renato Russo, L'avventura /Álbum: A Tempestade, 1996)*

# PREFÁCIO

*Inumeráveis são as narrativas do mundo. Há, em primeiro lugar, uma variedade prodigiosa de gêneros, distribuídos entre substâncias diferentes, como se toda matéria fosse boa para que o homem lhe confiasse suas narrativas: a narrativa pode ser sustentada pela linguagem articulada, oral ou escrita, pela imagem, fixa ou móvel, pelo gesto ou pela mistura ordenada de todas estas substâncias; está presente no mito, na lenda, na fábula, no conto, na novela, na epopeia, na história, na tragédia, no drama, na comédia, na pintura no cinema, nas histórias em quadrinhos, na conversação.*

(Roland Barthes, Análise estrutural da narrativa, 1971).

A explicação de Barthes sobre as narrativas opera como prelúdio à articulação dos dois textos que compõem o livro que Ionara Conceição Lemos Pinheiro nos oferece para leitura. Partindo da narrativa de Eça de Queiroz, e motivada pela questão social que nutre sua trajetória como educadora, pesquisadora e fazedora de cultura, a autora propõe uma perspectiva analítica que entrecruza literatura e cinema como possibilidade de contação de histórias.

A arquitetura imagética da escrita queirosiana, explorada na primeira parte do livro por meio de dois romances, estrutura a argumentação subjacente para demonstrar que a detalhada descrição de imagens presente nas obras de Eça de Queiroz, adepto do Realismo literário, contribui positivamente para o desenvolvimento de narrativas que se apropriam das imagens para contar, tal como o cinema o faz por meio das imagens em movimento.

Nesse sentido, o recurso estratégico da autora possibilita o enlace com a segunda parte do livro. Após um percurso conceitual pela teoria crítica da sociedade, proveniente da Escola de Frankfurt, ela encontra em Haroldo de Campos uma solução possível para o impasse literatura/cinema, recuperando a solução proposta pelo autor com relação à equação da tradução literária, ao defini-la como uma recriação da escrita sob outros registros culturais.

> [...] Para tanto, foram definidos os conceitos de *adaptação* e *recriação* de obras literárias, para que fossem utilizados como termos fundamentais na elaboração das reflexões deste estudo. Foram expostas, também, as históricas discussões acerca dos dois termos, onde foi possível entender que o termo adaptação é sinônimo de "fidelidade" e o termo recriação significa interpretação livre e, dessa forma, mais condizente ao trabalho com a arte.[1]

Assim, Ionara analisa o romance *Alves & Cia*, escrito por Queiroz no século XIX e publicado postumamente em 1920, e o compara com o filme de 1998, *Amor & Cia*, de Helvécio Ratton, baseado na obra queirosiana. Na sua escrita, a autora demonstra que cinema e literatura, duas narrativas autônomas, podem ser relacionadas e compreendidas por meio da perspectiva da recriação, presente tanto no ato de reinvenção do roteirista quanto na intertextualidade de leitura praticada por nós, leitores/as e espectadores/as.

**Professora doutora Marisa Montrucchio**

*Doutora em Letras pela USP. Professora visitante na UFPA, vinculada ao PPGEDUC (Programa de Pós-Graduação em Educação e Cultura, Campus Universitário do Tocantins, Cametá, Pará).*

---

[1] PINHEIRO, I.C.L. *A Arquitetura Literária de Eça de Queiroz*. Curitiba: Editora Appris, 2024.

# APRESENTAÇÃO

O Realismo é antes de tudo uma tendência, um estado de espírito, mais do que um gênero literário acabado. As personagens do Realismo são antes indivíduos concretos, recortados do mundo real, do que tipos genéricos e artificiais. Os incidentes do enredo decorrem do caráter das personagens e de outros motivos humanos que dominam a ação. São seres humanos vivos, que agem em um ambiente social e o autor realista colhe esses elementos e os interpreta. Daí a ligação do Realismo com a Psicologia – considerada como a ciência da alma humana – e com a Sociologia – que se ocupa do homem em contato com a sociedade e, movido pelas transformações sociais, pelos hábitos e costumes. Ao encarar a vida objetivamente, o autor realista não se intromete na vida das personagens, deixa que uns atuem sobre os outros, na busca da solução para os problemas que surgem. É assim que a escola realista fornece uma interpretação da vida. Acumulando os fatos pelo uso do método da documentação e usando a seleção e a síntese para estudá-los, o escritor realista dá um sentido e um encadeamento à narrativa. **"O Romantismo era a apoteose do sentimento: o Realismo é a anatomia do caráter. É a crítica do homem. É a arte que nos pinta a nossos olhos – para condenar o que houver de mau na sociedade"**.[2]

Eça de Queiroz situa-se como uma das figuras mais fascinantes do Realismo e tem influenciado gerações e gerações de escritores. Essa influência se dá pelo seu estilo individual, pelo uso da ironia e pela seleção das temáticas. Eça foi discípulo do ideal naturalista experimental de Flaubert, de Gouncourt e de Zola, denunciou os disfarces da vida comum e as mazelas do ambiente familiar, retratou o ambiente contemporâneo e trouxe para a literatura cenas e problemas humanos que ainda não haviam sido tratados com agudo senso crítico.

---

[2] Eça de Queiroz. Conferência no Cassino Lisbonense. In: ABDALLA JÚNIOR, B.; PASCHOALIN, M. A. *História Social da Literatura Portuguesa*. São Paulo: Ática/Bomlivro, 1994. p. 102.

Na obra *O Primo Basílio*, objeto de estudo deste trabalho, o autor recorta um quadro doméstico da burguesia de Lisboa. Denunciando a sociedade que cerca essas personagens, Eça critica os seus defeitos mais gritantes: o formalismo social (Acácio), a beatice parva de temperamento irritado (D. Felicidade), a literaturinha acéfala (Ernestinho), o descontentamento azedo e o tédio da profissão (Julião) e um pobre bom rapaz perdido nesse cenário (Sebastião). Em *Alves & Cia.*, Eça de Queiroz aborda mais uma vez o problema do adultério, mas, dessa vez, "do ponto de vista do marido" e com um foco puramente individual, apesar de narrado em 3ª pessoa. A trama revela o drama do burlesco e covarde Alves, marido ultrajado em sua honra, mas que, levado pelo egoísmo, volta a se reconciliar com a esposa adúltera e a fazer as pazes com o sócio que tanto contribui para que a firma de ambos prospere. Trata-se de uma sociedade assentada em bases falsas e atacá-la, para Eça, é um dever.

Dessa forma, este trabalho aborda as relações entre a literatura, especialmente a narrativa, com a narrativa audiovisual do cinema e estuda a obra queirosiana à luz das teorias que aproximam a obra literária como expressão da sociedade, propondo, assim, um estudo da narrativa queirosiana fundamentado nos comportamentos das personagens estudadas e nos traços estilísticos observados nos romances *O Primo Basílio* e *Alves & Cia*. Além disso, o estudo é uma reflexão sobre a narrativa queirosiana como produto da subjetividade ideológica do escritor, uma vez que nela percebe-se uma preocupação crítica e uma tentativa de ação reformadora da sociedade que foge à neutralidade e à impassibilidade proposta pela estética literária vigente. Isso se deve ao fato de que Eça produziu uma literatura singular que rejeitou as fórmulas prontas e os clichês da escola a qual pertenceu, numa atitude de independência intelectual.

Ao trazer em suas últimas páginas estudos comparados e considerações sobre a relação entre literatura e cinema, este estudo ressalta o intercâmbio de procedimentos entre essas duas formas de expressão, examina a maneira como a linguagem nascente do cinema tomou de empréstimo da arte literária muitos elementos, e discute alguns dos conflitos mais frequentemente associados ao processo de recriação, que, em geral, desafia as noções estabelecidas de autoria e hierarquização de bens e produtos culturais. Em sentido particular, estes escritos têm a pretensão de oferecer subsídios teóricos sobre as recriações de textos literários para cinema e televisão e apresenta possibilidades de tratamento do tema que não se limitam a simples verificação da fidelidade ou infidelidade do filme, ou minissérie ao texto literário.

Sendo Eça de Queiroz um dos autores em Língua Portuguesa que mais teve obras recriadas em produções audiovisuais e um autor que, por meio de sua narrativa precisa, sempre procurou transformar o leitor em verdadeiro espectador de imagens, é possível dizer que sua arquitetura literária é uma verdadeira troca de recursos mutuamente fecunda entre a literatura, o cinema e a televisão.

**A autora**

# SUMÁRIO

## PARTE I
## PRIMEIROS ESTUDOS

### 1
### UM RETRATO DO SÉCULO XIX: PANORAMA HISTÓRICO ....... 21
1.1 O cotidiano da pequena burguesia de Lisboa ..................................22

### 2
### A PROPOSTA DO REALISMO E O MÉTODO
### EXPERIMENTAL NATURALISTA..................................... 25

### 3
### O PRIMO BASÍLIO: UMA OBRA DE CRÍTICA E ANÁLISE ............. 29
3.1 As personagens queirosianas e a crítica social ..................................32

### 4
### CONSIDERAÇÕES SOBRE O ROMANCE DE TESE E A
### PROPOSTA IDEOLÓGICA DE EÇA DE QUEIROZ ............................ 37

## PARTE II
## ESTUDOS COMPARADOS

### 5
### LITERATURA E CINEMA: UM DIÁLOGO POSSÍVEL? ..................... 43

### 6
### REPRODUÇÃO X RECRIAÇÃO.................................................. 47

**7**

**O QUE É OBRA DE ARTE MASSIFICADA?**................................................... 51

7.1 Características da obra de arte massificada ........................................................54

**8**

**POR QUE RECRIAR OBRAS LITERÁRIAS?**................................................ 57

**9**

**DO LIVRO AO FILME: OBSERVAÇÕES SOBRE A RECRIAÇÃO DE *ALVES & CIA*, DE EÇA DE QUEIROZ.**................................................... 63

**10**

**CONSIDERAÇÕES POSSÍVEIS ATÉ AQUI**.............................................. 69

**REFERÊNCIAS** ............................................................................................ 73

# PARTE I

# PRIMEIROS ESTUDOS

# 1

# UM RETRATO DO SÉCULO XIX: PANORAMA HISTÓRICO

A segunda metade do século XIX caracteriza-se por um processo de transformação radical. A Revolução Industrial iniciada no século anterior, na Inglaterra, agora se traduz na implementação acelerada do sistema capitalista e em avanços tecnológicos que já esboçam a mecanização do mundo e a vida moderna. Entre os fatores dessa modernização, podemos destacar: a) as perdas sociais e políticas da sociedade aristocrática e do clero que, pouco a pouco, deixam de orientar a vida pública; b) as importantes descobertas que permitem uma maior eficiência das comunicações, a sofisticação do sistema de locomoção, a agilidade da circulação de livros e jornais etc.; c) a ascensão da pequena burguesia que, inicialmente unida ao operariado, passa a ocupar o primeiro plano no cenário sócio-político-econômico, em oposição à aristocracia; d) a formação de uma população marginalizada que não participa dos benefícios gerados por essa industrialização, mas sim é sujeita a condições desumanas de trabalho e explorada pela burguesia, antes aliada.

Desse contexto resultou o suporte intelectual que dominou o cenário da segunda metade do século XIX (principalmente após 1870), em todos os campos do conhecimento. Fundamentados nas ciências biológicas, físico-químicas e sociais, uma sucessão de "ismos" passou a explicar a realidade e o comportamento humano, e a dominar a concepção geral da vida. Dentre eles, podemos destacar: o evolucionismo (Darwin), o positivismo (Comte), o determinismo (Taine), o contra espiritualismo (Renan).

Dentro desse cenário ideológico, a Sociologia assume uma posição de liderança e tem como alicerce a concatenação com a Biologia, trazendo para o mundo uma visão evolucionista de realidade. A partir disso, a sociedade passa a ser encarada como um organismo celular harmônico que segue as leis biológicas de crescimento e morte, e sofre um processo contínuo de desenvolvimento. Essa coligação Sociologia-Biologia, sintonizada com as teorias mecanicistas e materialistas de Heckel, acabou reduzindo os processos de vida a fórmulas químicas.

Resta-nos, ainda, considerar duas correntes de pensamento: o ambientalismo de Hayes o qual propunha a ideia de que as situações externas determinam rigidamente a natureza dos seres vivos, incluindo o homem, e o pessimismo do filósofo alemão Schopenhauer, que considera o homem um ser fadado à dor e ao sofrimento e cujos momentos de felicidade são escassos e efêmeros.

Nos anos que se seguiram, essa reviravolta ideológica chegou a outras partes do mundo, influenciando mentes e transformando comportamentos.

## 1.1 O cotidiano da pequena burguesia de Lisboa

No meado do século XIX, Portugal ainda amargava uma lenta evolução política e econômica. Em 1860, os relatos dos viajantes estrangeiros retratavam o atraso lusitano ao descrever a sensação que causava a passagem de alguma diligência na maioria das províncias. Essa falta de vias de comunicação era apontada como uma das principais causas da estagnação político-econômica portuguesa. Entretanto, Antero de Quental destaca outras causas dessa decadência e marca a sua origem no decorrer do século XVI. Segundo ele:

> [...] esses fenômenos capitais são três, e de três espécies: um moral, outro político, outro econômico. O primeiro é a transformação do catolicismo, pelo Concílio de Trento. O segundo, o estabelecimento do absolutismo, pela ruína das liberdades locais. O terceiro, o desenvolvimento das conquistas longínquas.[3]

---

[3] QUENTAL, Antero de. Discurso proferido numa sala do Casino Lisbonense, em Lisboa, no dia 27 de maio de 1871, durante a *1ª sessão das Conferências Democráticas*.

O agrupamento desses fenômenos caracteriza os três grandes aspectos da vida social, isto é, o pensamento, a política e o trabalho, e indica a profunda oposição de Portugal aos acontecimentos ocorridos nas outras nações europeias. Enquanto os outros países cresciam, moralizavam-se, faziam-se inteligentes, ricos e poderosos, e tomavam a dianteira da civilização, Portugal se mantinha apegado às glórias coloniais passadas e, por isso, não desenvolvia uma burguesia empreendedora e capitalista, nem uma elite intelectual que fizesse progredir as artes e a ciência.

> [...] Ora, a liberdade moral, [...] é rigorosamente o oposto do catolicismo do Conselho de Trento, para quem a razão humana e o pensamento livre são um crime contra Deus; a classe média, [...] é o oposto do absolutismo, esteado na aristocracia e só em proveito dela governando; a indústria, finalmente, é o oposto do espírito de conquista, antipático ao trabalho e ao comércio.[4]

De costas para o futuro, Portugal viveu centrado em sua vidinha monárquica, católica e de inércia industrial até a publicação, em 1852, de um decreto que abria concurso para a construção de uma estrada de ferro que ligasse Lisboa a Santarém. A partir disso, deu-se início a um enorme programa de obras públicas, cujo realizador mais ativo foi Fontes Pereira de Melo.

Engenheiro formado pela Escola Politécnica de Lisboa, julgava que o alcance do progresso dar-se-ia mais depressa com instrumentos fomentadores de riqueza do que com controvérsia ideológica. Com seu trabalho, os indícios de crescimento tornaram-se mais visíveis e o país começou a emergir de seu entrevamento secular e a aproximar-se, em muitos aspectos, dos padrões europeus.

A extinção da propriedade comunal por meio do Código Civil de 1867, o aumento e a autoafirmação da classe média (burguesia) e o crescimento populacional urbano são alguns exemplos que representam a transformação que estava ocorrendo em Portugal. Contudo,

---

[4] *Idem.*

esse aparente desenvolvimento tem um calcanhar de Aquiles: a falta de organização. O estabelecimento definitivo da propriedade privada não trouxe progressos ao campo, já que, de um modo geral, a energia utilizada continuou a ser o poder dos braços e a força dos bois, e a mecanização das lavouras restringiu-se a casos isolados de propriedades capitalistas. A prosperidade da classe média não é acompanhada de um aumento da produção e, por isso, recorre-se intensamente à importação de produtos, os quais eram extremamente encarecidos com os impostos alfandegários.

O mesmo se aplica ao crescimento populacional urbano: por um lado, surgem as concentrações de moradias populares miseráveis (ilhas), nos subúrbios das cidades crescentes; entretanto, as construções públicas são escassas e os serviços do Estado – quartéis, hospitais, escolas – funcionam em antigas construções, como conventos. Podemos constatar que era o comércio e não a indústria que fundamentava a fraca tendência de formação capitalista lusitana.

> [...] à fartura de uma população rural ignorante junta-se a opulência das classes capitalistas de Lisboa e das cidades do Norte, não mais cultas, porém mais videiras. Uma granja e um banco, eis o Portugal português. Onde está a oficina?[5]

Todo esse quadro sócio-político-econômico-cultural, trabalhado aqui em linhas gerais, serviu de base para os conteúdos e temas elaborados nas criações literárias da época.

---

[5] SARAIVA, José H. *História Concisa de Portugal*. Mira Sintra: Europa-américa, 1979. p. 314.

# 2

# A PROPOSTA DO REALISMO E O MÉTODO EXPERIMENTAL NATURALISTA

De modo geral, o contexto histórico da segunda metade do século XIX marcou no mundo uma revolução ideológica e literária que levou o homem a interessar-se pelas coisas materiais. Nesse contexto, surgiram as primeiras grandes manifestações literárias dirigidas contra o espírito predominante na época – o Romantismo. Essas manifestações datam de 1850 e 1853, anos em que Gustave Coubert expõe suas primeiras telas realistas: O enterro em Ornans e As Banhistas.

A palavra *Realismo* (do latim *realis, reale* = coisa ou fato real) indica-nos a preferência pelos acontecimentos e a tendência a encará-los tais como a realidade os apresenta. Literariamente, o termo *Realismo* geralmente é empregado como oposição ao Romantismo e sua perspectiva idealizante do mundo, já que a escola realista prefere retratar a vida como ela é e não como deve ser. Dessa forma, o Realismo surge como um verdadeiro brado antirromântico e uma tentativa de reformar a sociedade por meio da exposição, da análise e da crítica.

O movimento realista assegurou o seu triunfo literário em 1857 com a publicação do livro *Madame Bovary*, de Gustave Flaubert, obra que faz um retrato minucioso e uma análise impiedosa da hipocrisia romântica e burguesa.

É preciso, entretanto, salientar que atitude e literatura realistas são coisas distintas. A atitude realista sempre existiu e se fará presente todas as vezes em que o homem procurar a maneira mais objetiva e racional de encarar os acontecimentos. Já a literatura realista, surgida no século XIX, é uma escola literária que segue um programa estético baseado na concatenação entre a Arte, a Ciência e a Filosofia. Tal distinção é necessária para que entendamos essa literatura como fruto de uma ampla transformação cultural na qual os escritores, objetivando mostrar a realidade, aderem a um programa estético que implica, entre outras coisas, o(a):

a. Preocupação com a observação e a análise a fim de assinalar valores morais e estéticos da realidade e fugir ao sentimentalismo e à artificialidade;

b. Fundamentação de suas teses por meio do retrato fiel das personagens, oriundas de diversas camadas e grupos sociais;

c. Imparcialidade do autor, o qual não interfere nem opina no decorrer da narrativa, deixando que fatos e personagens atuem uns sobre os outros;

d. Retrato do contemporâneo, pois, para o realista, o presente e todos os conflitos que o cercam (os cortiços, os negócios, a política etc.) são mais importantes que exaltar as glórias do passado (temperamento essencial do Romantismo);

e. Preocupação revolucionária por meio de uma atitude de crítica e combate contra tudo o que se identifica com o Romantismo, o qual era visto como sinônimo de atraso e estaticidade. Por isso, os autores realistas eram, confessadamente, antissubjetivistas, antimonárquicos, antiburgueses e anticlericais;

f. Lentidão da narrativa devido à importância maior dada à caracterização do que à ação;

g. Uso de uma linguagem mais próxima da realidade.

Dominada por essa verdadeira devoção pelo real, uma geração de intelectuais passa a defender a ideia de que a Arte (pintura, literatura etc.) deve ser a tradução das ideias e dos aspectos (políticos, sociais, culturais etc.) da época atual, e deve preferir a tendência em retratar os fatos tais como a realidade os apresenta. Esse pensamento norteou, particularmente em Portugal, o pensamento dos intelectuais da década de 1870, ficando essa geração conhecida como "Geração de 70" ou "Geração Materialista".

Empolgados com as ideias revolucionárias e com a polêmica causada pela "Questão Coimbrã", os participantes da revolta antirromântica (dentre eles Eça de Queiroz) organizam, em 1871, uma série de palestras que ficaram conhecidas como as "Conferências do Cassino Lisbonense" e que tinham, entre outras coisas, a pretensão de:

> [...] Abrir uma tribuna, onde tenham voz as ideias e os trabalhos que caracterizam êste movimento do século, preocupando-nos sobretudo com a transformação social, moral e política dos povos; Ligar Portugal com o movimento moderno, fazendo-o assim nutrir-se dos elementos vitais de que vive a humanidade civilizada; [...] Estudar as condições da transformação política, econômica e religiosa da sociedade portuguêsa;[6]

Em relação ao Naturalismo, podemos descrevê-lo como o Realismo acrescido de elementos que reforçam a ideia de que apenas as explicações baseadas nas leis científicas é que são válidas, e fortalecem a visão materialista do homem, da vida e da sociedade.

Para Émile Zola, em seu livro *Le Roman Expérimental* (1880), o método utilizado pelo escritor deve ser idêntico ao utilizado pelo cientista. Dessa forma, o homem passa a ser encarado como um animal que sofre a influência de leis físico-químicas, da hereditariedade e do meio social.

Além dessa caracterização geral, podemos citar, ainda, algumas peculiaridades do Naturalismo:

a. a investigação da sociedade e dos caracteres individuais ocorre "de fora para dentro", influência do determinismo;

---

6 MOISÉS, Massaud. *A Literatura Portuguesa*. São Paulo: Cultrix, 1975. p. 195.

b. ênfase na descrição dos tipos humanos que encarnam os vícios, as taras, as patologias e as anormalidades que revelam o parentesco entre o homem e o animal;

c. preferência pelas camadas mais baixas da sociedade;

d. uso de uma linguagem direta, coloquial (até mesmo vulgar), e de dialetos científicos e profissionais.

É possível perceber que o Naturalismo acentua as qualidades do Realismo, acrescentando a este uma visão científica da vida em oposição ao conceito humanista e religioso do Romantismo.

# 3

# *O PRIMO BASÍLIO:*
# UMA OBRA DE CRÍTICA E ANÁLISE

*O Primo Basílio* é um romance no qual Eça de Queiroz se propõe a realizar um verdadeiro inquérito da vida portuguesa. Ao lado de *O Crime do Padre Amaro* e de *Os Maias*, a obra forma uma trilogia de romances produzidos de acordo com os moldes positivistas de abordagem e análise dos problemas sociais. Seguindo a tendência do Realismo e do Naturalismo, a obra dedica menos espaço ao voo livre da criação, tornando-se um instrumento de ataque numa ação reformadora da sociedade portuguesa.

O romance de Eça segue o mesmo caminho de *Madame Bovary*, de Gustave Flaubert, dando ênfase aos temas do casamento e da traição. O pano de fundo d'*O Primo Basílio* é um caso de adultério. Já no primeiro capítulo o autor lança as sementes do conflito que dá pretexto ao livro. Descreve o marido que viaja, contrariado, a trabalho; a esposa que descobre que o primo e ex-noivo revisita a cidade; e as lembranças que a notícia evoca. Introduz, ainda, a criada Juliana, ressentida e frustrada com a condição servil, que terá um papel decisivo no desfecho trágico do romance.

No segundo capítulo, o autor apresenta as figuras secundárias, enfocadas durante as breves visitas dominicais à casa de Luísa e Jorge: o Conselheiro Acácio, personificação do lugar-comum e da hipocrisia burocrática; D. Felicidade, solteirona supersticiosa e embevecida pelo Conselheiro; Ernesto Ledesma (Ernestinho), um dramaturgo medíocre, símbolo da estagnação artística lisboeta; e Julião, um indivíduo pobre, invejoso e azedo, e também muito ambicioso.

Nos capítulos seguintes, Eça narra a relação clandestina mantida por Luísa e Basílio e descoberta pela criada que, de posse de cartas dos amantes, chantageia a patroa. Basílio, que havia prometido levar Luísa a Paris, abandona-a novamente. Ela desespera-se com a volta do marido, pois se transformou na criada de Juliana.

Jorge acaba pegando a esposa em flagrante fazendo os serviços da casa e demite a empregada. Juliana agora passa a exigir seiscentos mil-réis pelas cartas, dinheiro esse que Luísa procura conseguir de todas as maneiras. Sem saída, resolve contar seu segredo a Sebastião, melhor amigo de Jorge. Acompanhado de um policial, ele consegue recuperar as cartas. Juliana acaba morrendo, espumando de raiva, vitimada por um colapso nervoso. A história termina com a morte de Luísa, que adoece de maneira fatal ao saber que Jorge lera uma carta de Basílio enviada a ela.

Para os adeptos desse tipo de literatura, o casamento é uma instituição fundamentada na luxúria, no conforto material proporcionado pelo dinheiro e nas convenções sociais hipócritas. Por isso, nessa obra, o que se percebe é a destruição dessa "união" pela ação avassaladora das paixões adulterinas:

> Havia doze dias que Jorge tinha partido e, apesar do calor e da poeira, Luísa vestia-se para ir à casa de Leopoldina.

> [...] Ao crepúsculo, ao ver cair o dia, entristecia-se sem razão, caía numa vaga sentimentalidade; [...] O que pensava em tolices então![7]

Eça de Queiroz faz parte da "Geração de 70", que reage contra o atraso do país e aponta o Romantismo como sinônimo desse atraso. Assim, seu romance, além de apresentar-se como uma lente de aumento sobre a intimidade das famílias "de bem" de Lisboa, representa um dos primeiros momentos de reflexão sobre o atraso da sociedade portuguesa em um mundo profundamente transformado pela Revolução Industrial e pelo desenvolvimento tecnológico. O autor, que já mostrara sua opção por uma literatura ácida e nada sentimental, adere ao Realismo e ao Naturalismo seguindo algumas de suas tendências.

---

[7] QUEIROZ, Eça de. *O Primo Basílio*. Santiago: Klick, 1997. p. 37.

O escritor se afasta do uso de frases extensas e sobrecarregadas, típicas da narrativa romântica, e esbanja habilidade para se expressar em sequências de frases curtas, cheias de ritmo e significado. Além disso, usa e abusa da descrição minuciosa, quase obsessiva, do espaço físico e da sociedade, explicando cada personagem a partir de seu contexto socioeconômico e de seu ambiente:

> [...] Nascera em Lisboa. O seu nome era Juliana Couceiro Tavira. Sua mãe fora engomadeira; [...] Servia havia vinte anos. Como ela dizia, mudava de amos, mas não mudava de sorte. Vinte anos a dormir em cacifos, a levantar-se de madrugada, a comer os restos, a vestir trapos velhos, a sofrer os repelões das crianças e as más palavras das senhoras. [...] Era demais! Tinha agora dias em que só de ver o balde das águas sujas e o ferro de engomar se lhe embrulhava o estômago. Nunca se acostumara a servir.[8]

Além desses traços de estilo, é preciso destacar o trabalho e o cuidado com a linguagem. A prosa do autor caracteriza-se pela ironia fina, o humor, o caricaturismo na composição das personagens, o espírito crítico e, muitas vezes, o lirismo na descrição da natureza. Eça resgata a dimensão da prosa poética na "fotografia" meticulosa e lírica que faz dos ambientes:

> [...] Ergueu-se de um salto, passou rapidamente um roupão, veio levantar os transparentes da janela... Que linda manhã! Era um daqueles dias do fim de agosto em que o estio faz uma pausa; há prematuramente, no calor e na luz, uma certa tranquilidade outonal; o sol cai largo, resplandecente, mas pousa de leve...[9]

A combinação da leveza e do brilho das descrições com o relato grosseiro da realidade é outra marca estilística queirosiana:

> [...] Ia encontrar Basílio no 'Paraíso' pela primeira vez. [...] Como seria? [...] Desejaria antes que fosse no

---

[8] *Ibidem*, p. 75.

[9] QUEIROZ, Eça de. *O Primo Basílio*. Santiago: Klick, 1997. p. 126.

> campo, numa quinta com arvoredos murmurosos e relvas fofas; [...] A carruagem parou ao pé de uma casa amarelada, com uma portinha pequena. Logo à um cheiro mole e salobro enojou-a. [...] Luísa viu logo, ao fundo, uma cama de ferro com uma colcha amarelada, feita de remendos juntos de chitas diferentes; e os lençóis grossos, de branco encardido e mal lavado, estavam impudicamente entreabertos...[10]

O autor opõe a expectativa romântica de Luísa com a descrição das atitudes grosseiras do amante Basílio, bem ao gosto da estética realista.

## 3.1 As personagens queirosianas e a crítica social

Os narradores do Realismo-Naturalismo mantêm o distanciamento crítico, não se envolvendo com a história, nem com as personagens. Sua preocupação maior é em dissecar as deformações da sociedade e isso é feito por meio da exposição dos vícios, do caráter fraco e do comportamento imoral e interesseiro das personagens. Aliás, é próprio desse tipo de literatura modelar as personagens de acordo com as circunstâncias e valores sociais que as cercam, reservando, portanto, toda a tensão para a trama.

As personagens que recheiam o romance de Eça de Queiroz não fogem ao molde naturalista, pois também são levadas e envolvidas pelos acontecimentos, além de servirem de fundamento às críticas do autor, direcionadas à sociedade lisboeta.

Luísa, na descrição que o próprio Eça faz, é a "burguesinha da Baixa" (Lisboa, cidade baixa): uma senhora sentimentalista, mal-educada e sem valores morais ou senso de justiça. É romântica e ociosa. Sua vida tranquila de leitora de folhetins é alterada pela viagem do marido e o retorno do primo e ex-noivo a Portugal. Desde o primeiro capítulo, o narrador procura denunciar o exagero do sentimentalismo dessa personagem, que sempre fora seduzida pelo gênero literário que melhor se adequava ao seu temperamento:

---

[10] *Ibidem*, p. 195.

> [...] Em solteira, aos dezoito anos, entusiasmara-se
> por Walter Scott e pela Escócia; desejara então viver
> num daqueles castelos escoceses, que têm sobre
> as ogivas os brasões do clã, mobiliados com arcas
> góticas e troféus de armas, forrados de largas tape-
> çarias, [...] e amara Evandarlo, Morton e Ivanhoé,
> ternos e graves [...].[11]

Todavia, Eça não se limitava a sondar as preferências juvenis da personagem: a referência à sua idade adulta reflete a intenção de expor a acentuação do processo de degradação dessa sensibilidade romântica.

> Mas agora era o moderno que a cativava: Paris, as
> suas mobílias, as suas sentimentalidades [...] e os
> homens ideais apareciam-lhe de gravata branca, nas
> umbreiras das salas de baile, com um magnetismo
> no olhar, devorados de paixão[12]

Basílio é o primo e ex-noivo de Luísa, e retorna a Portugal na ausência de seu marido com a intenção de alimentar sua vaidade com uma aventurazinha. Malicioso e cheio de truques, ele procura atrair Luísa explorando ao máximo as vaidades e a vida fútil e vazia da prima. É o personagem que representa o avanço e a modernidade das nações civilizadas. Irônico e pretencioso, nunca deixa passar a oportunidade de criticar o provincianismo da "burguesinha da Baixa" e o atraso de Lisboa:

> [...] De resto pelo que tinha visto, as mulheres em
> Lisboa cada dia se vestiam pior! Era atroz! Não
> dizia por ela; até aquele vestido tinha chique, era
> simples, era honesto. Mas em geral, era um horror.
> Em Paris! Que deliciosas, que frescas as **toilettes**
> daquele verão! Oh! mas em Paris!... Tudo é superior!
> Por exemplo, desde que chegara ainda não pudera
> comer. Positivamente não podia comer! – Só em
> Paris se come – resumiu.[13]

---

[11]   QUEIROZ, Eça de. *O Primo Basílio*. Santiago: Klick, 1997. p. 8.

[12]   *Ibidem*, p. 18.

[13]   *Ibidem*, p. 66.

Como um modo de convencer a amante, Basílio afirma que a fidelidade conjugal é mais uma demonstração de atraso da sociedade lisboeta frente aos hábitos liberais das senhoras de Paris, todas com os seus amantes, segundo ele mesmo assegurava. É o mais cínico das personagens do romance e isso fica evidente no momento em que começa a enfrentar as consequências do adultério: ele pensa apenas que teria sido mais vantajoso trazer consigo uma amante de Paris.

Juliana é a criada que faz desmoronar o mundo de Luísa ao chantageá-la com as cartas roubadas, por isso sua contribuição para o desenrolar da intriga é fundamental. Destoando um pouco das razões fúteis que movimentam os demais personagens, é a figura que aparece com alguma intensidade interior.

> [...] Sempre fora invejosa; com a idade aquele senti-
> mento exagerou-se de um modo áspero. [...] E muito
> curiosa; era fácil encontrá-la, de repente, cosida
> por detrás de uma porta com a vassoura a prumo e
> olhar aguçado.[14]

A criada se conduz pela revolta (não suporta sua condição de serviçal), pela frustração e pelo ódio rancoroso contra a patroa. Um ódio que, na verdade, ela sente contra todas as patroas que a fustigaram durante anos.

Em relação a Jorge, Eça restringe sua atuação até o desfecho. Com aparições curtas, sua presença se faz sentir pelo papel social que representa: é o marido. Dividido entre o seu amor por Luísa e sua opinião em relação ao adultério, é apresentado pelo narrador como uma figura pacata e de jeito sereno:

> [...] De sua mãe herdara a placidez, o gênio manso.
> [...] Não frequentava botequins nem fazia noitadas.
> [...] Ele nunca fora sentimental; [...] não lhe faltava
> um botão nas camisas; [...] admirava Luís Figuier,
> Bastiat e Castilho, tinha horror a dívidas[15]

---

[14] QUEIROZ, Eça de. *O Primo Basílio*. Santiago: Klick, 1997. p. 51.

[15] *Ibidem*, p. 13.

É preciso ressaltar a forma excepcional de expor a provável reação do personagem diante da traição. Eça o faz de forma metalinguística, especulando a opinião de Jorge por meio de outro personagem – Ernestinho Ledesma, dramaturgo medíocre que escreve uma peça teatral sobre um caso de adultério.

As personagens secundárias completam o quadro social lisboeta que, para Eça, é um dever atacar. O Conselheiro Acácio representa o intelectual vazio, com habilidade em dizer o óbvio com orgulho descabido e ridículo; Joana é a cozinheira que enfrenta Juliana por dedicação à patroa; D. Felicidade figura como a beatice parva de temperamento irritado (seu nome, aliás, é mais uma das ironias do autor). Há também Sebastião, amigo de Jorge e completamente apaixonado por Luísa, que se propõe a recuperar as cartas em poder da criada.

Interessado na demonstração de uma tese social, Eça se esforça em fornecer, de maneira minuciosa, imagens das personagens profundamente condicionadas pelas origens, pelo temperamento e pela educação. Seguindo a tendência naturalista, o autor procura modelar as personagens de fora para dentro, a partir das circunstâncias e valores sociais que determinam suas reações e comportamentos. Por isso, emoções, sensações e desejos surgem no texto como ações externas ao personagem.

> [...] Mas ao mesmo tempo uma curiosidade intensa, múltipla, impelia-a, com um estremecimentozinho de prazer – Ia, enfim, ter ela própria aquela aventura que lera tantas vezes nos romances amorosos! [...] Havia tudo – a casinha misteriosa, o segredo ilegítimo, todas as palpitações de perigo! Porque o aparato impressionava-a mais que o sentimento; e a casa em si interessava-a, atraia-a mais que Basílio![16]

São esses elementos – a observação e a descrição detalhada de ambientes e personagens – que determinam o sentido da evolução da intriga e proporcionam a demonstração de determinadas teses sociais defendidas pelo romancista.

---

[16] QUEIROZ, Eça de. *O Primo Basílio*. Santiago: Klick, 1997. p. 137.

# 4

# CONSIDERAÇÕES SOBRE O ROMANCE DE TESE E A PROPOSTA IDEOLÓGICA DE EÇA DE QUEIROZ

Um dos princípios fundamentais da estética naturalista é a aceitação fria dos fatos observados. Essa necessidade constante de total neutralidade a qual devia submeter-se o escritor naturalista foi defendida por Émile Zola em diversos ensaios publicados no jornal *Le massager de l'Europe*, em 1879, e reunidos mais tarde no livro *Le Roman Expérimental*.

Empenhado no estabelecimento desses princípios, Zola não conseguiu reconhecer que seus ideais de impassibilidade e neutralidade, linha de pensamento a qual Flaubert também compartilhava, eram ilusórios e utópicos. Tal afirmativa se justifica se levarmos em conta as intenções de uma corrente estético-literária como o Naturalismo, que tinha objetivos reformistas e moralizadores, os quais deveriam ser aplicados na sociedade, modificando-a por meio da ação profilática de suas obras.

Abertamente colocado a serviço da demonstração de determinadas teses de interesse coletivo, o narrador naturalista não consegue evitar que nos seus romances predomine uma carga de subjetividade, dirigida ao leitor imediato e ao próprio macro contexto social e cultural no qual a sua obra se insere.

Em *O Primo Basílio*, obra da fase naturalista de Eça de Queiroz, é possível perceber alguns indícios que deixam transparecer as propostas ideológicas e moralizadoras do narrador.

O emprego do adjetivo pode ser considerado um dos veículos da subjetividade de Eça. A combinação magistral de substantivos e adjetivos ajuda a incutir no enunciado um grau mais amplo de expressividade, seja para a descrição impressionista ou para a configuração da crítica e da ironia.

> [...] Como desejaria visitar os países que conhecia dos romances – a Escócia e os seus lagos taciturnos, Veneza e seus palácios trágicos; [...] E ir a Paris! Paris sobretudo! Mas qual! Nunca viajaria decerto; [...] Jorge era caseiro, tão lisboeta![17]

Ao lado deste, temos a comparação que não só é a figura mais frequentemente utilizada pelo narrador, como também é a que melhor registra a sua intenção de influenciar o leitor a construir uma determinada imagem do fato ou do personagem visado:

> [...] Viam-na [D. felicidade] corada e nutrida, e não suspeitavam que aquele sentimento concentrado, irritado semanalmente, queimando em silêncio, a ia devastando como uma doença e desmoralizando como um vício.[18]

Como se pode verificar, longe de se limitar a um discurso objetivo, o narrador deixa escapar juízos de valor claramente denunciados no uso dos qualificativos/adjetivos, nas comparações e metáforas, e nas conotações que envolvem os vocábulos. Tem-se ainda os discursos das personagens, os seus comportamentos e procedimentos culturais que ilustram e deixam transparecer valores e orientações que configuram a ideologia do narrador.

Do ponto de vista ideológico, a mensagem do narrador de *O Primo Basílio* parece-nos muito clara: trata-se não só de denunciar o que de negativo existe no Romantismo destemperado do qual se alimenta a burguesia lisboeta, mas, sobretudo de evidenciar, a partir de um raciocínio tipicamente naturalista, que os meios e os hábitos culturais condicionam irrevogavelmente as personagens. Dessa forma, o romance naturalista é tido como um instrumento de moralização de

---

[17] QUEIROZ, Eça de. *O Primo Basílio*. Santiago: Klick, 1997. p. 46.
[18] QUEIROZ, Eça de. *O Primo Basílio*. Santiago: Klick, 1997. p. 22.

costumes, pois devem alertar o leitor para os vícios que personagens como Luísa, Basílio e Juliana muito bem documentam.

Com base no exposto, é possível perceber que, apesar do esforço em seguir o programa estético naturalista, o autor do romance se apresenta de maneira ativa, deixando transparecer as marcas de uma subjetividade incontrolada e, por isso, fugindo às normas de impassibilidade e neutralidade do romance de tese.

São precisamente essas marcas que nos permitem estabelecer as coordenadas de um figurino ideológico dominado pelo franco repúdio ao modelo romântico e a uma determinada classe social – a burguesia lisboeta – frustrada e imbecilizada pelas deficiências de educação e pelas influências dessa literatura hipersentimentalista.

O que se pode notar, de fato, é a independência que Eça de Queiroz manteve na construção de seu romance. Como convém a alguém que preza pela honestidade de pensamento, o escritor português desenvolveu uma literatura singular, rejeitando os clichês de qualquer escola ou ideologia pronta. Numa espécie rara de ficção na qual a profusão de pequenos detalhes descritivos e narrativos converge para uma espantosa e quase impossível unidade de conjunto.

# PARTE II

# ESTUDOS COMPARADOS

# 5

# LITERATURA E CINEMA: UM DIÁLOGO POSSÍVEL?

Ao se fazer uma comparação séria entre literatura e cinema, verifica-se a existência de diversidades e convergências entre as duas artes. De um lado está a natureza plural das duas linguagens, cada uma com suas peculiaridades; de outro, o denominador comum entre elas – *a forma narrativa.*

O ato de narrar é uma das mais antigas atividades do homem. Segundo Saraiva (2003), narrar é mostrar uma série de fatos ou acontecimentos vividos por personagens em determinado espaço e tempo[19]. Todavia, narrar não é apenas enunciar. Para que uma narrativa exista de fato, dois elementos são essenciais: a presença do emissor e do receptor do relato.

Diante de um texto narrativo – seja ele literário ou fílmico –, esses dois elementos desenvolvem competências peculiares: o emissor, movido por alguma intencionalidade, transmite a sua experiência única a um receptor, o qual dá forma, por meio de outras situações ou experiências, à ação que mobilizará o produtor da narrativa.

> Diante de um texto narrativo, qualquer que seja sua linguagem, o receptor empírico desenvolve uma competência particular que lhe permite aderir as regras de um jogo, competência que tem a qualidade intrínseca dos textos narrativos por base.[20]

Dessa forma, entende-se que o ato de produzir uma narrativa depende do compartilhamento entre narrador e destinatário, e das

---

[19] SARAIVA, J. *Narrativas Verbais e Visuais.* São Leopoldo: Editora Unisinos, 2003. p. 11

[20] *Idem.* p. 11.

concepções sobre o ato de narrar e sobre o universo projetado por essa narrativa.

Antes de prosseguir, faz-se necessário ressaltar a existência de elementos que aproximam e diferenciam as duas artes. Segundo Aguiar

> Narrativa literária e filme cinematográfico são artes de ação, eis seu ponto em comum. Parte de um processo imaginário de fabulação que, como produto humano, lhes é terreno de operação ou alicerce. A diferença entre um e outro está na articulação temporal de suas sequências para o receptor.[21]

Dentre os pontos de convergência entre elas, podemos citar o *ato comunicativo* sobre o qual se fundamentam as narrativas literária e a fílmica. Há ainda a *artificialidade* e a *ficcionalidade* que expõem a natureza comum às duas narrativas. Tanto o livro quanto o filme buscam meios de estabelecer uma relação com o receptor a fim de conquistar a sua crença e fazê-lo aderir ao que Robert Stam chama de "pacto ficcional"[22]. Introduzido pelas particularidades do discurso (literário ou fílmico), o receptor acaba aderindo a esse pacto ficcional, e não apenas aceita a narrativa como verdadeira, como também passa a compartilhar das ideias do narrador.

A utilização desses fundamentos da narratividade (narrador, espaço, tempo, personagens, ficcionalidade, artificialidade) revela a natureza comum entre as narrativas fílmica e literária. Entretanto, há outros elementos utilizados por ambas de maneira particular, que demonstram as singularidades de cada uma.

A narrativa literária se fundamenta no código verbal e nos signos linguísticos, além das figuras de linguagem e, por meio desses elementos, procura construir imagens visuais, táteis e auditivas que atuam sobre a sensibilidade do leitor-receptor. Esse processo de construção de imagens, por meio dos elementos citados, é o ponto de partida da narrativa literária que busca *narrar para mostrar.*

---

[21] AGUIAR, Flavio. *Literatura, cinema e televisão.* In: PELLEGRINI, Tânia *et al. Literatura, cinema e televisão.* São Paulo: Ed. Senac, 2003. p. 122.

[22] STAM, Robert. *O Espetáculo interrompido*: literatura e cinema de desmistificação. Tradução de José Eduardo Moretzsohn. Rio de Janeiro: Paz e Terra, 1981.

Em contrapartida, a narrativa fílmica se vale dos signos icônicos (visuais e auditivos), os quais adquirem a propriedade das palavras. Dessa forma, o processo de apreensão do relato se realiza por meio da decodificação da imagem em palavras. A narrativa fílmica, então, *mostra para narrar* e recorre, secundariamente, aos signos linguísticos.

Diante dessas diversidades e convergências, é necessário perceber a intertextualidade estabelecida entre os códigos verbal e visual, e a interação existente entre eles. Escrita e imagem não são independentes ou mesmo excludentes. Basta lembrar que a primeira serve de explicação da segunda, e esta de ilustração para a primeira.

> Assim, a imagem é, para o cinema, o ponto de partida, enquanto, para a literatura, é o ponto de chegada, o que permite afirmar que o conhecimento dos recursos de expressão de ambas as formas de narrativa permite melhor compreender a especificidade de cada uma delas.[23]

Das reflexões sobre esse encontro de linguagens, ficam duas ideias fundamentais:

a. não há uma hierarquia que diferencie, em importância, os dois sistemas de comunicação e de expressão;

b. quando bem produzidos, a relação estabelecida entre textos verbais e visuais é de complementaridade.

---

[23] SARAIVA, Juracy A. *Narrativas Verbais e Visuais*. São Leopoldo: Editora Unisinos, 2003. p. 26.

# 6

# REPRODUÇÃO X RECRIAÇÃO

Há muito que a relação entre a literatura e o cinema fomenta discussões dentro e fora do meio acadêmico. Na maior parte delas, os estudiosos da área de Letras defendem a ideia de que o texto literário, ao passar pelo processo de transposição cinematográfica, sofre um processo de empobrecimento que acaba esgotando todas as suas potencialidades. Por outro lado, existem os que defendem a necessidade de tornar acessível à "massa"[24] esses bens culturais antes restritos à elite, o que constitui a transposição cinematográfica em um meio de democratização e politização.

Desse modo, surgem duas posturas antagônicas no que concerne às relações entre literatura e cinema: uma fundamentada no conceito de REPRODUÇÃO e outra que se baseia no princípio da TRANSFORMAÇÃO.

O primeiro paradigma, que será a partir desse ponto referido como REPRODUÇÃO ou ADAPTAÇÃO, vê a transposição cinematográfica do objeto literário como uma TRADUÇÃO LITERAL de uma intenção textual. Desse modo, a função do realizador da obra cinematográfica é fazer a equivalência entre aquilo que filma e o livro que leu, como se uma transposição fílmica fosse capaz de esgotar todas as potencialidades de um texto.

A principal objeção que pode ser feita a uma postura como essa é a de que o texto literário é dotado de *ambiguidade* e *indefinição* e, por isso, não permite que se faça dele uma *leitura verdadeira* ou *única*. Pelo contrário, mesmo os textos mais assumidamente realistas, nos quais se encontra uma abundância de pormenores, não conseguem evitar

---

[24] AGUIAR, Flavio. Literatura, cinema e televisão. *In*: PELLEGRINI, Tânia *et al. Literatura, cinema e televisão*. São Paulo: Ed. Senac, 2003.

a existência de pontos de indeterminação, os quais só conseguem ser ultrapassados pela concretização que a(s) leitura(s) possibilita(m).

O segundo paradigma, que a partir desse ponto será referido como RECRIAÇÃO ou TRANSFORMAÇÃO, abandona as preocupações de reconstrução fiel do objeto literário e vê a transposição do texto ao cinema um processo que necessita da ação de um adaptador. Assim, ao SUJEITO INTERPRETANTE é dado a possibilidade de *recriar* ou *transformar* aquilo que lê, reelaborando criticamente (ou mesmo subjetivamente) o texto.

De acordo com esse paradigma, a relação que se estabelece entre a literatura e o cinema é uma relação do tipo *dialógica* em que o filme não se subjuga ao livro que o inspira, buscando afirmar-se como uma cópia fiel deste, mas sim que haja entre ambos a geração de uma dinâmica produtora de significação estética.

Uma saída apaziguadora para o impasse pode ser tomada de empréstimo a uma teorização feita por Haroldo de Campos a respeito da tradução de textos. Nela, ele propõe que a *tradução* seja encarada como *recriação*. Além disso, o escritor afirma que para realizar uma tradução recriativa, o tradutor precisa antes submergir criticamente na obra a ser traduzida. Assim, além de ser um ato de recriação, a tradução é também uma leitura crítica da obra original.

A procura de alternativas a respeito da fidelidade abre espaço para se pensar nas reproduções como um processo dinâmico em que as distorções e os desvios entre os textos não são apenas uma repetição das relações de hierarquia e poder entre as duas artes (literatura e cinema), mas sim uma recriação das relações.

No ensaio em que fala sobre as adaptações de obras literárias para os meios de comunicação de massa, Randal Johnson questiona a insistência na fidelidade da adaptação cinematográfica e obra literária originária, afirmando que isso é irrelevante.

> O problema – o estabelecimento de uma hierarquia normativa entre a literatura e o cinema, entre uma obra original e uma versão derivada, entre a autenticidade e o simulacro e, por extensão, entre

a cultura de elite e a cultura de massa – baseia-se numa concepção, derivada da estética Kantiana, da inviolabilidade da obra literária e da especificidade estética. Daí uma insistência na 'fidelidade' da adaptação cinematográfica à obra originária. Essa atitude resulta em julgamentos superficiais que frequentemente valoriza a obra literária sobre a adaptação, e o mais das vezes sem uma reflexão mais profunda.[25]

Outro autor, Hélio Guimarães, aponta as reproduções como:

[...] problemas irresolvidos da cultura contemporânea, em que as tradicionais hierarquizações entre as expressões artísticas e culturais são constantemente questionadas e em que os limites entre a alta e baixa cultura, cultura de massa e cultura erudita, originalidade e cópia são constantemente redefinidos.[26]

Desse modo, as adaptações estabelecem uma zona de conflitos entre formas culturais diferentes e mostram a divergência e até mesmo o antagonismo das noções de qualidade cultural dos vários grupos que compõem a sociedade.

Na verdade, esse conflito entre literatura e cinema pode ser entendido como sintoma de outros tipos de relações sociais: a cultura de elite (erudita) e a cultura de massa (popular). Julga-se que o cinema esteja associado ao vulgo, ao público popular e, por isso, produz apenas obras de baixa qualidade. Por outro lado, a literatura estaria associada a um público seleto e erudito, e os livros teriam um valor cultural sempre superior aos filmes. Essa visão não corresponde à realidade, já que há livros e filmes de todos os padrões de qualidade. Está introduzida aí uma visão restrita e preconceituosa do livro e também do filme.

---

[25] JOHNSON, Randal. Literatura e Cinema, diálogo e recriação: o caso de Vidas Secas. *In*: PELLEGRINI, Tânia *et al. Literatura, cinema e televisão*. São Paulo: Ed. Senac, 2003. p. 40.

[26] GUIMARÃES, Hélio. O romance do Século XIX na televisão: observações sobre a adaptação de Os Maias. *In*: PELLEGRINI, Tânia *et al. Literatura, cinema e televisão*. São Paulo: Ed. Senac, 2003. p. 110.

# 7

# O QUE É OBRA DE ARTE MASSIFICADA?

A interferência dos meios de comunicação de massa no cotidiano das pessoas é muito discutida. De um lado, há quem afirme que o receptor de informações, isto é, o indivíduo comum tem a capacidade e a autonomia de escolher e interpretar tudo aquilo que a mídia oferece; de outro lado, estudiosos veem na mídia uma manipuladora incontrolável.

Integrante da Escola de Frankfurt, o filósofo alemão Theodor W. Adorno dedicou um amplo esforço à investigação do tema e foi adepto de uma visão, por assim dizer, mais "pessimista" sobre o assunto.

O grupo que iniciou a renomada escola emergiu do Instituto para Pesquisa Social (*Institut fur Sozialforschung*) da Universidade de Frankfurt-am-Main, na Alemanha. A instituição foi fundada com o apoio financeiro de Félix Weil, um mecenas judeu, em 1923. Oito anos mais tarde, em 1931, Max Horkheimer se tornou diretor do instituto e é a partir da sua gestão que se desenvolve aquilo que ficou conhecido como a *Teoria Crítica da Sociedade*, comumente associada a essa Escola.

Ao lado de Horkheimer, Adorno cunhou a expressão "indústria cultural" no livro *Dialética do Esclarecimento*, de 1947, no qual fazem um diagnóstico da estabilidade social e cultural das sociedades burguesas contemporâneas. Segundo eles, *indústria cultural* é o nome genérico que se dá ao conjunto de empresas e instituições cuja principal atividade econômica é a *produção de cultura*, com fins comerciais e lucrativos. Nesse sistema de produção cultural encaixam-se a TV, o rádio, o cinema, revistas, jornais e entretenimento em geral, que são elaborados com o objetivo de aumentar o consumo, modificar hábitos, além de ter a capacidade, em alguns casos, de atingir a sociedade como um todo.

Para explicar a importância da mídia sobre a opinião pública, pode-se citar a invasão dos Estados Unidos ao Iraque em março de 2003. Nesse caso, o que se viu foi o presidente George W. Bush se utilizar dos meios de comunicação para convencer a sociedade norte-americana de que não havia outra saída senão atacar o país iraquiano, acusado de produzir e estocar armas de destruição em massa. A indústria cultural agiu exatamente na difusão da ideia de que o Iraque e seu governante, Saddam Hussein, eram inimigos mortais dos americanos.

A teoria da sociedade de massa, iniciada por Adorno e Horkheimer, procura indicar o potencial dos meios de comunicação de massa usado pelas elites para persuadir, manipular e explorar o povo de modo mais sistemático e difuso. Aqueles que controlam as instituições de poder adulam o gosto da massa para controlá-la. Isso é consequência das tecnologias de comunicação aparecidas no século XX. Com a ajuda tecnológica, a cultura de massa se desenvolveu a ponto de ofuscar os outros tipos de culturas anteriores e alternativas a ela.

Antes de existir cinema, rádio e TV, falava-se em *cultura popular* em oposição à cultura erudita das classes aristocráticas; em *cultura nacional* – componentes da identidade de um povo; em *cultura clássica* – conjunto historicamente definido de valores estéticos e morais; e num sem-número de culturas que, juntas e interagindo, formavam as diversas identidades das populações.

Entretanto, a chegada da cultura de massa acaba submetendo as outras culturas a um projeto comum e homogêneo. Por ser produto de uma indústria de alto porte (internacional ou, até mesmo, global), essa cultura produzida pelos diversos meios então surgentes estava sempre ligada à força econômica do capital industrial e financeiro. Para melhor servir a esse capital, a *massificação cultural* recorreu à repressão aos demais modelos de cultura, de forma que os valores apreciados passassem a ser apenas os compartilhados pela massa. Com isso, a cultura popular – produzida fora de contextos mercantis – foi um dos objetos dessa repressão, devido a ser anterior e também alternativa à cultura de massa.

Com o passar do tempo, a indústria cultural percebeu e Adorno constatou, pessimista, que ela detinha a capacidade de absorver em si os antagonismos e propostas críticas em vez de combatê-las. Desse modo, a cultura popular, em vez de ser recriminada por ser "de mau gosto" ou de "baixa qualidade", é deixada de lado quando se usa o argumento comercial de que "isto não vende bem".

Assim, a grande modificação produzida pela cultura de massa foi transformar os indivíduos em consumidores, os quais imaginam--se iguais e livres (de acordo com a lógica iluminista) para consumir tudo aquilo que desejarem.

> O que se estabelece é um grande sistema em que as pessoas são constantemente enganadas em relação àquilo de que necessitam. Os produtos fornecidos pelos meios de comunicação de massa passam a ideia de que as necessidades que eles satisfazem são legítimas, próprias dos seres humanos como seres livres, que podem exercer seu poder de escolha, quando, na verdade, todas as opções são sempre pensadas a partir de um princípio que torna todas as alternativas idênticas, pois todas acabam sendo meramente mais uma oportunidade de exercer o poder de compra.[27]

A partir dessa transformação, pode haver o popular (produto de expressão genuína da cultura popular) que não seja popularizado (que não venda bem, na indústria cultural) e o popularizado que não seja popular, ou seja, vende bem, mas é de origem elitista.

Desde 1947, quando Adorno iniciou seus estudos sobre o fenômeno de massificação da arte, até os dias de hoje, os recursos tecnológicos multiplicaram-se. Até a metade do século XX, havia apenas sistemas de rádio e a máquina hollywoodiana de cinema. Atualmente, além da TV, existem as transmissões via-satélite, a telefonia móvel e a informática com seus recursos de rede que tornaram ainda mais complexas as relações entre público e mídia.

---

[27] FREITAS, Verlaine. *Adorno & a arte contemporânea*. Rio de Janeiro: Jorge Zahar Editor, 2003. p. 18.

Apesar dos tempos serem outros, a análise crítica de Adorno permanece intacta. Seu pensamento ressalta a importância de se enxergar o caráter sistêmico da indústria cultural. Ele não procura, contudo, dividir a questão entre os pessimistas – que acreditam não haver saída contra a massificação cultural – e os otimistas – os quais desprezam o poder dos veículos de comunicação de massa. Sua obra busca analisar e criticar não o meio em si, mas a forma como é utilizado.

## 7.1 Características da obra de arte massificada

Os textos de Adorno que versam sobre estética apontam algumas características que uma obra produzida pela indústria cultural apresenta. Segundo ele, os produtos fornecidos pelos meios de comunicação de massa transmitem uma ideia falsa das necessidades do indivíduo. Para satisfazê-las, há uma produção em série de bens culturais, os quais saciam essas ilusões e mantêm a carência por novos produtos. Por isso, Adorno afirma que a obra massificada procura reforçar a identidade do indivíduo e dar a ele a satisfação de ter o seu "eu" engrandecido.

É a partir dessa lógica que se pode apontar a *primeira característica* desse tipo de obra: *o narcisismo*. Segundo Freitas, a obra produzida para a massa é narcisista porque

> [...] vende a seus consumidores a satisfação manipulada de se sentirem representados nas telas do cinema e da televisão, nas músicas e nos vários espetáculos. Todos os heróis da indústria cultural são sempre pensados para refletir algo do que as pessoas já percebem em si mesmas, só que engrandecido pela elaboração dos meios técnicos cada vez mais refinados da indústria da diversão.[28]

O termo narcisismo nos remete ao mito de Narciso, personagem da mitologia grega que se apaixonou por sua própria imagem.

---

[28] FREITAS, Verlaine. *Adorno & a arte contemporânea*. Rio de Janeiro: Jorge Zahar Editor, 2003. p. 19.

Do mesmo modo, os indivíduos do capitalismo contemporâneo também necessitam de um espelho para recobrar o amor por sua própria imagem. Amor esse totalmente comprometido pelo esforço contínuo de gerar valores financeiros.

*Vender a imagem estereotipada da realidade* é outra característica da arte de massa. Segundo as concepções de Adorno, é de total interesse da indústria cultural que o mundo continue como ele é. Por isso, a obra massificada vende incessantemente a imagem estereotipada do que é bom, mau, bonito, feio etc. Assim, o indivíduo se acostuma a entender apenas aquilo que já se encaixa no modelo estabelecido nesses estereótipos.

Há ainda a *repressão da criatividade das pessoas*. Freitas, ao explicar o pensamento do filósofo alemão, afirma que a indústria cultural reprime a capacidade criativa dos indivíduos, pois

> O modelo básico da receptividade da indústria cultural é o do videogame, que dá aos adolescentes e às crianças o prazer de percepções esquematizadas previamente pelo autor do jogo. Essa atitude é muito semelhante à requerida no trabalho, que normalmente é monótono, repetitivo, sem criatividade, impessoal.[29]

Essa repressão acaba fazendo com que as pessoas deixem de se envolver no esforço que a atividade mental proporciona. Com isso, elas acostumam-se a somente entender o que se encaixa no modelo já estabelecido.

Outra característica da indústria cultural é procurar *inserir todos os indivíduos na sociedade de consumo*. Para isso, ela busca facilitar a integração entre o universo das obras da cultura de massa e seus apreciadores. De que forma isso é feito? Ligando o universo particular das pessoas ao significado coletivo das obras e fazendo o indivíduo imaginar que precisa fazer parte de uma totalidade, da qual ele não quer se sentir isolado.

---

[29] *Idem.* p. 20.

Assim, a única maneira de ele se sentir incluído na sociedade é assistindo ao filme que todos estão comentando, comprando o disco, a camiseta, o chaveiro, o boné, ou seja, consumindo tudo o que gira em torno das obras.

Uma última característica a ser apontada é a de que a indústria cultural busca transmitir às pessoas o *mito da felicidade a ser alcançada*. De acordo com Freitas, o pensamento de Adorno é de que

> Uma vez que a religião não consegue estabelecer um vínculo vivencial coletivo tão disseminado e forte quanto há algumas décadas, a cultura de massa veio cumprir essa função. Ambas têm em comum o fato de que o indivíduo, percebendo o sofrimento de sua luta particular frente à pressão social esmagadora, tenta encontrar um sentido para a sua vida mesquinha, desprovida de satisfação social clara.[30]

Com isso, os diversos programas de televisão em que pessoas são escolhidas para participar de competições a fim de ganhar prêmios milionários são uma parte essencial da indústria cultural, já que ela cria na mente de cada consumidor a ilusão constante de que ele também pode ser agraciado com um prêmio, que funcionaria como uma espécie de reconhecimento divino pelo seu esforço diário e obstinado em continuar vivendo nesse mundo tão injusto.

O consumo do pronto, fácil e acabado, a negação da possibilidade de recriação é a causa da banalização do ser humano no mundo globalizado. Por ser diferente disso, e fazer as pessoas pensarem, a leitura é tão importante. O que os livros – e a verdadeira arte, qualquer que ela seja, por meio de qualquer dos cinco sentidos humanos – oferecem ao espectador/leitor é a realizadora experiência de recriar as emoções em suas próprias mentes e corações. Livros, é necessário algum esforço para abri-los, digeri-los, pensá-los. Mas para aqueles que se dão a esse trabalho, a recompensa são emoções em estado muito mais puro, sutil, profundo, verdadeiro e realizador. Infinitamente mais rico que tudo que a cultura de massa, de consumo fácil e pronto, jamais poderá oferecer.

---

[30] FREITAS, Verlaine. *Adorno & a arte contemporânea*. Rio de Janeiro: Jorge Zahar Editor, 2003. p. 20.

# 8

# POR QUE RECRIAR OBRAS LITERÁRIAS?

Dentre os meios que o progresso científico nos legou, o cinema representa, de forma privilegiada, o resultado de um casamento profícuo entre arte e técnica. Com o passar do tempo, o cinema não só acabou por adquirir estatuto de arte, como se desenvolveu a partir de linhas marcantemente narrativas. No tocante a esse aspecto, vale ressaltar que, por definição, o narrativo é extracinematográfico, pois se refere tanto ao teatro, ao romance, quanto à conversa cotidiana: os sistemas de narração foram elaborados fora do cinema. Desse modo, há pelo menos três fortes razões para o cinema ter-se enveredado pela narratividade.

O simples fato de mostrar, de representar um objeto de maneira a possibilitar o seu reconhecimento é um ato de ostentação que traz a intenção de se dizer algo a seu respeito. Além do mais, qualquer objeto é um discurso em si, uma vez que, mesmo antes de sua reprodução, já veicula para a sociedade uma série de valores. Desse modo, qualquer figuração, qualquer representação chama a narração, mesmo embrionária, pelo peso do sistema social ao qual o representado pertence e por sua ostentação.

Por outro lado, a imagem em movimento está em constante transformação e ao mostrar a passagem de um estado da coisa representada para outro, exige tempo, como ocorre, aliás, a qualquer história, que, na realidade, corresponde ao encaminhamento de um estado inicial a um estado terminal, esquematizando-se por meio de uma série de transformações.

Assim é que o próprio cinema puro ou experimental conserva sempre algo de narrativo e para que um filme seja plenamente não narrativo, seria preciso que ele fosse não representativo, isto é, que não se possa perceber relações de tempo, de sucessão, de causa ou de consequência entre os planos ou os elementos.

A terceira razão que levaria o cinema a empenhar-se em desenvolver suas capacidades de narração estaria apoiada, segundo os estudiosos da área, na preocupação em ser reconhecido como arte. Superar a condição de "espetáculo vil", de "atração de feira", exigia que o cinema se colocasse sob os auspícios das "artes nobres", que eram, na passagem do século XIX para o século XX, o teatro e o romance.

Por sua capacidade de apresentar a imagem em movimento, obedecendo, inclusive, às linhas de perspectiva que a pintura renascentista nos habituou a considerar como forma natural de percepção dos objetos – o cinema, como nenhuma outra forma de expressão – alcançou o efeito da impressão de realidade, fazendo com que as imagens projetadas na tela se assemelhassem de forma quase perfeita ao espetáculo oferecido aos nossos sentidos pelo mundo real. A verossimilhança que o romance realista tanto perseguiu e esforçou-se por sugerir por meio de palavras e recursos artificiosos, como a ocultação do narrador, o cinema agora expunha ao espectador em imagens convincentes.

Para Robert Stam,

> [...] a arte cinematográfica tornou-se o catalisador das aspirações miméticas abandonadas pelas demais artes. A popularidade inicial do cinema deveu-se à sua impressão de realidade, a sua fonte de poder, e simultaneamente, a seu defeito congênito. [...] O cinema herdava o ilusionismo abandonado pela pintura impressionista, combatido por Jarry e os simbolistas no teatro e minado por Proust, Joyce e Woolf no romance.[31]

Optando pela modalidade narrativa, o cinema roubou da literatura parte significativa da tarefa de contar histórias, tornando-se, de início, um fiel substituto do folhetim romântico. E, apesar de experimentações mais ousadas, como a "Avant-Garde" francesa dos anos de 1920, ou o surrealismo cinematográfico, que buscaram fugir

---

[31] STAM, Robert. *O Espetáculo interrompido*: literatura e cinema de desmistificação. Tradução de José Eduardo Moretzsohn. Rio de Janeiro: Paz e Terra, 1981. p. 69.

dessa linha, a narratividade continua a ser o traço hegemônico da cinematografia.

Cabe, a seguir, uma indagação sobre a viabilidade de recriar em filme um romance escrito no século XIX. Será possível – e fará parte das intenções do diretor – preservar, no filme, os elementos de um romance, em especial seu caráter literário?

A adaptação de uma obra literária já consagrada para o cinema pode decorrer por diversas razões. Uma delas são as peculiaridades existentes, hoje, na formação do público leitor, em razão do distanciamento do leitor atual em relação às obras clássicas das literaturas nacionais. Tal fato não escapou a Randal Johnson, pesquisador de cinema, que considera a *motivação comercial*[32] – no caso, o conhecimento prévio sobre a existência de um público que procurará o filme como substituto do livro – um fator decisivo para se realizar a adaptação.

Enquanto mercadoria, o filme se revelou um produto altamente lucrativo, por despertar o interesse de um público cada vez mais numeroso, ávido por uma história envolvente.

> A produção em larga escala começou na Europa, na primeira década do século 20, mas, com as dificuldades que surgiram em consequência da Primeira Guerra Mundial, o fluxo de produção mudou para os Estados Unidos. Nascia Hollywood, 'fábrica de sonhos', polo cinematográfico encravado na Califórnia, costa oeste do país. Uma indústria que, desde seu início, se pretendeu universal.[33]

No rastro do filão do lucro, Hollywood rapidamente se tornou a cidade das ilusões e encontrou na literatura uma fonte quase inesgotável de narrativas consagradas, ligadas aos mais diversos momentos e circunstâncias da trajetória humana — sobretudo romances e novelas — cujos enredos têm sustentado o sucesso de inúmeras

---

[32] JOHNSON, Randal. Literatura e cinema, diálogo e recriação: o caso de Vidas secas. *In*: PELLEGRINI, Tânia *et al. Literatura, cinema e televisão*. São Paulo: Ed. Senac, 2003.

[33] BUTCHER, Pedro. *Cinema Brasileiro Hoje*. São Paulo: Publifolha, 2005. p. 10.

produções em relação ao grande público, e, em alguns casos, recebido o reconhecimento da própria crítica.

Por outro lado, adaptar para o cinema ou para a televisão – meios reconhecidamente ligados à cultura de massa – obras de autores como Shakespeare, Flaubert, Eça de Queiroz, Machado de Assis, Graciliano Ramos, Guimarães Rosa, para citar apenas alguns nomes de relevo no panorama universal e nacional, equivale a trazer para as mídias o prestígio da grande arte ou, no dizer de alguns, tornar a arte erudita acessível ao grande público.

Essa é uma questão, aliás, que tem suscitado as posições mais díspares dos teóricos que se ocuparam do assunto. É conhecida, por exemplo, a divergência entre os integrantes da Escola de Frankfurt a esse respeito.

Enquanto para Benjamin os meios constituem um veículo de democratização e politização, na medida que possibilitam à massa o acesso a bens culturais antes restritos à elite, Adorno e Horkheimer veem no que denominam indústria cultural, uma forma de alienação e controle psicológico do consumidor, que passa de sujeito a objeto, em um processo capitalista no qual a meta é sempre a obtenção do lucro.

A adaptação de obras literárias para o cinema e, posteriormente, para a televisão — meios que privilegiam a linha narrativa — também não se tem feito sem conflitos. Sendo os meios de comunicação encarados em geral apenas como indústria, muitos veem esse processo como um mecanismo de facilitação para o grande público, em detrimento da qualidade propriamente estética da obra original. Outros defendem que, nesse caso, são sempre os meios que saem perdendo, apoiados na justificativa de que, pela diferença de linguagens, essas adaptações resultam sempre em empreendimentos insatisfatórios.

> Do ponto de vista industrial e comercial, o cinema passou a conviver e competir com a televisão, o home vídeo e o vídeo game. Do ponto de vista artístico, o ato de filmar perdeu seu caráter quase sagrado com o surgimento de câmeras digitais portáteis, que facilitaram e multiplicaram as possibilidades de se fazer filmes.[34]

---

[34] BUTCHER, Pedro. *Cinema Brasileiro Hoje*. São Paulo: Publifolha, 2005. p. 9.

De qualquer forma, a própria indústria cinematográfica considera que seus maiores sucessos derivaram de romances – o que é perfeitamente razoável. O filme, seja em forma de rolo, seja em forma de roteiro ou script, está perfeitamente entrelaçado com a forma do livro.

Autores e cineastas apenas precisam ficar atentos para não fazer de uma adaptação uma cilada.

# 9

## DO LIVRO AO FILME: OBSERVAÇÕES SOBRE A RECRIAÇÃO DE *ALVES & CIA*, DE EÇA DE QUEIROZ.

Depois de tudo o que foi discutido até aqui, é possível afirmar que o processo de recriação não se esgota na transposição de um texto literário para um outro veículo. Na verdade, ele pode gerar várias referências a outros textos formando, assim, um fenômeno cultural que envolve processos dinâmicos de transferência, tradução e interpretação de significados e valores históricos, sociais e culturais.

Um exemplo desse complexo processo é a recriação de *Alves & Cia.*, do escritor português Eça de Queiroz. A novela escrita em 1883, e publicada postumamente pelo filho do autor em 1925, raramente é mencionada quando se comenta a produção literária de Eça. Entretanto, o filme *Amor & Cia.*, dirigido por Helvécio Ratton, junto com *Central do Brasil*, de Walter Salles, ajudou a fazer do ano de 1998 o ano de consolidação da chamada "retomada" do cinema brasileiro, movimento esse que teve seu início em 1995, com os filmes *O Quatrilho*, de Fábio Barreto, e *Carlota Joaquina – Princesa do Brazil*, de Carla Camurati.

Em *Alves & Cia.*, Eça de Queiroz aborda mais uma vez o problema do adultério, mas, dessa vez, "do ponto de vista do marido" e com um foco puramente individual, apesar de narrado em 3ª pessoa. Uma postura completamente oposta à de um outro romance bem mais conhecido do escritor – *O Primo Basílio* –, no qual aborda o mesmo tema de maneira bem mais contundente, criticando a educação da mulher portuguesa perante os moldes de organização do casamento nacional. Dosando humor e ironia, o livro – pertencente à segunda fase da produção do escritor português – revela o drama do burlesco e covarde Alves, marido ultrajado em sua honra, mas que levado pelo egoísmo, volta a se reconciliar com a esposa adúltera e a fazer as pazes com o sócio que tanto contribui para que a firma de ambos prospere.

A comunicação do leitor com o texto é imediata, sem entraves, por isso o dialogismo se estabelece desde a primeira linha do livro, por meio de uma linguagem direta.

Quase visionário, já que não conheceu o cinema em seu tempo, Eça tece intuitivamente personagens e situações extremamente cinematográficas, transparentes em suas ações e psicologia.

Tamanha é a universalidade das emoções do triângulo amoroso desse livro que sua trama pôde ser transposta de Portugal para o Brasil do século XIX no filme *Amor & Cia.*, de Helvécio Ratton. Todo o trabalho do diretor e do roteirista Carlos Alberto Ratton residiu em transformar em diálogos os intensos pensamentos dos três protagonistas, Godofredo Alves (Marco Nanini), sua mulher, Ludovina (Patrícia Pillar), e o sócio e melhor amigo, Machado (Alexandre Borges).

> Sempre com os olhos voltados para a vidraça, sentiu que por trás dele o choro brando tinha parado. Mas ela [Ludovina] não respondeu. Godofredo esperou ainda uma súplica, um grito de amizade, uma palavra de arrependimento; mas só a ouviu assoar-se. Então, tornou-se cruel:
>
> - Em minha casa – continuou, sempre voltado para a janela, com uma voz mordente que a devia queimar – não quero prostitutas. Pode levar tudo... Tudo o que é seu, leve-o. Mas rua![35]

Mesmo sendo uma recriação da obra de Eça, o filme de Helvécio Ratton procurou manter a essência do livro. Não está se falando aqui em "fidelidade" à obra literária, mas sim da preocupação em conservar traços marcantes do tão conhecido estilo queirosiano como o descritivismo, a crítica e a ironia.

---

[35] QUEIROZ, Eça de. *Alves & Cia*. São Paulo: Ediouro, 2001. p. 9.

Esse descritivismo, traduzido para as telas por meio do percurso lento das câmeras nos momentos de tensão, age no livro e no filme como um elemento de contenção, dando trabalho à imaginação do leitor/espectador para completar as lacunas. Acompanha-se, em largas pinceladas, o flagrante de Alves na mulher, de mãos dadas com Machado em sua própria sala, a fuga do sócio e a expulsão de Ludovina para a casa do pai, o Sr. Neto (Rogério Cardoso).

Na figura desse pai, que no filme é mais delineada que no livro, concentra-se a crítica ao modelo social da época. Acima da sensibilidade moral, Neto procura Alves antes de tudo para arrancar-lhe uma pensão que lhe permita sustentar a filha devolvida a seus cuidados.

> - Mas, enfim, de que quer o senhor que ela viva? Eu não tenho para a vestir nem para a calçar...
>
> Godofredo parou logo no seu lúgubre passeio. Esperava aquilo, estava preparado [...]:
>
> - Enquanto sua filha estiver em casa de seu pai e se portar bem, tem trinta mil-réis por mês.
>
> A calva de Neto iluminou-se. Pareceu subitamente satisfeito; toda a sua cólera desapareceu.[36]

Livro e filme depositam seu centro dramático na possibilidade de realização de um duelo entre os sócios. E é nesse momento que as duas obras se distanciam: enquanto o livro sustenta o tom de *ironia*, que permite um risinho no canto da boca diante das hesitações das personagens, especialmente de Alves, o centro da história; o filme segue o caminho da *comicidade* e transforma o enredo em uma *comédia de costumes*.

Para ilustrar essa afirmação, pode-se apontar a inclusão do personagem Asprígio (Nelson Dantas) pelo roteirista. No filme, ele é um farmacêutico que atende Alves logo após o flagrante. Ao ser questionado por Alves sobre qual a melhor forma de realizar um duelo a fim de "retomar a sua honra ofendida", Asprígio discute as

---

[36] *Idem*. p. 17.

peculiaridades da situação e horroriza Alves com os detalhes. Depois de recomendar que a distância entre os dois oponentes seja de dois passos, "porque a dois passos ninguém erra"[37], o farmacêutico tece considerações sobre a escolha das armas e os efeitos dos ferimentos dizendo que "com espada, há sempre risco de gangrena. À bala, o sujeito fica cego ou idiota". A riqueza dos detalhes e a interpretação tanto de Nelson Dantas quanto de Marco Nanini fazem dessa uma das cenas mais cômicas do filme.

É desnecessário dizer que o tom que conduz a narrativa do livro e do filme não permite uma solução assim levada às últimas consequências. O medo da maledicência, a vontade de conservar a lucrativa firma de exportação em que os rivais são sócios e, finalmente, a falta terrível que Alves sente da mulher abrem as portas para uma saída negociada.

> - Tudo resolvido – disse [Medeiros] ao entrar. Atrás dele vinha o Carvalho, que confirmou:
>
> - Está tudo decidido. Godofredo olhava para eles, pálido, a tremer de nervoso.
>
> - Não te bates – disse Medeiros, pondo o castiçal sobre a mesa.
>
> - Que te disse eu logo? – exclamou Carvalho, radiante. – Tudo tinha de ficar na mesma. Era o bom senso.[38]

A conclusão do filme trabalha com o princípio da *intertextualidade*, ao pedir emprestado o clima de outro clássico da literatura, *Dom Casmurro*, tomando apenas o cuidado de evitar o tom de amargura dessa obra.

Na cena final, batiza-se um bebê a quem o escritor português optou por fazer apenas uma menção, deixando-o de lado sem decifrar a história. Já o filme detalha mais esse fato, fazendo da existência dessa

---

[37] AMOR & Cia. Direção de Helvécio Ratton. São Paulo: Riofilme, 1998.

[38] QUEIROZ, Eça de. *Alves & Cia*. São Paulo: Ediouro, 2001. p. 37.

crianca motivo de tensão entre Alves e Ludovina nos momentos que antecedem o final da história.

Apesar dos mais de cem anos que os separam, livro e filme dialogam de maneira harmoniosa e formam, assim, uma parceria que pode transformar os espectadores do filme em leitores desse texto curto e saboroso de um dos maiores escritores da língua portuguesa.

# 10

# CONSIDERAÇÕES POSSÍVEIS ATÉ AQUI

O caminho que leva uma obra literária até as telas de cinema nem sempre é fácil. Leitores e espectadores não imaginam os tropeços que um e outro artista – em suas respectivas áreas – precisam tomar para que o resultado de uma adaptação fique razoavelmente bom. O que é sempre um enigma. A dobradinha pode funcionar perfeitamente ou estragar tudo de vez – livros, filmes, roteiros etc.

Dessa forma, este livro procurou fazer considerações sobre a prosa queirosiana, bem como estabelecer um diálogo crítico entre obras de duas diferentes linguagens – a cinematográfica e a literária – demonstrando que é possível a realização de leituras intertextuais de uma mesma obra, e que é necessário discutir o tema a fim de enriquecer a visão do leitor contemporâneo.

Mas um diálogo entre literatura e cinema seria possível? Antes de tudo, é preciso mostrar os pontos de aproximação e de distanciamento entre as duas linguagens – literária e cinematográfica – para se chegar a duas reflexões fundamentais para o andamento do trabalho: a de que não há uma hierarquia entre os dois sistemas de comunicação e de expressão; e a de que, quando bem produzidos, a relação estabelecida entre textos verbais e visuais é de complementaridade.

Christopher Orr, um dos principais críticos aos discursos da fidelidade que dominam os estudos das relações do filme ou do programa de TV com a fonte literária, propõe aplicar a noção de *intertextualidade* ao estudo das adaptações. Orr rejeita a noção do texto como "uma linha de palavras, libertando um sentido único, de certo modo teológico", subsumida nos argumentos em torno da fidelidade, em favor da visão do texto como "espaço de dimensões múltiplas, onde se casam e se contestam escritas variadas, nenhuma das quais é original". A formulação de Orr baseia-se numa concepção do texto assim sintetizada por Roland Barthes: "um texto é um tecido de citações, saídas dos mil focos da cultura.[39]

Assim, foram apresentados e definidos no texto os conceitos de *adaptação* e *recriação* de obras literárias, para que fossem utilizados como termos fundamentais na elaboração das reflexões deste livro.

Foram expostas, também, as históricas discussões acerca dos dois termos, e foi possível entender que o termo *adaptação* é sinônimo de "fidelidade" e o termo *recriação* significa interpretação livre e, dessa forma, mais condizente ao trabalho com a arte.

A procura de alternativas ao discurso da fidelidade abre espaço para se pensar nas adaptações como um processo dinâmico em que as distorções, os deslocamentos, as descontinuidades e os desvios entre os textos não são apenas uma repetição das relações de hierarquia e poder estabelecidas entre a instituição literatura e a instituição TV, mas em si mesmo uma recriação dessas relações de poder, prestígio e influência.[40]

Seguindo nas reflexões sobre a arquitetura literária de Eça de Queiroz, o livro aborda a obra de arte massificada à luz da Teoria do Esclarecimento elaborada por Theodor Adorno e Max Horkheimer, integrantes da Escola de Frankfurt. Os dois filósofos cunharam a expressão "indústria cultural" e, a partir desse princípio, discorreram sobre o seu caráter sistêmico.

O pensamento de Adorno procura analisar e criticar os meios de comunicação de massa e a sua interferência na sociedade descrita por ele como "sociedade de consumo", além da forma como são utilizados. Seguindo a discussão sobre a obra de arte massificada, o livro descreve os motivos que levaram o cinema – arte de massa – a enveredar-se

---

[39] GUIMARÃES, Hélio. O romance do século XIX na televisão: observações sobre a adaptação de Os Maias. *In*: PELLEGRINI, Tânia *et al. Literatura, cinema e televisão*. São Paulo: Ed. Senac, 2003. p. 95.

[40] *Idem.*

pelos caminhos da literatura, e aponta a motivação comercial como o principal deles. Além disso, traz observações sobre o filme *Amor & Cia.*, apontada aqui como uma recriação cinematográfica do livro *Alves & Cia.*, de Eça de Queiroz.

É possível afirmar também que literatura e cinema se inscrevem numa perspectiva dialógica em que os gêneros não se repelem, pelo contrário, aproximam-se, e ajudam a ampliar as possibilidades de leituras mais significativas. Todavia, ler criticamente implica transpor barreiras de condicionamentos, inclusive aquelas geradas por ideologias ou mesmo por preconceitos culturais.

> Aos diversos níveis de hierarquia de poder correspondem diferentes formas de produção cultural. A sequência da cadeia torna explícita a ideologia implícita na estrutura social e em certas manifestações culturais.[41]

Pesa sobre o leitor de hoje séculos de cultura literária, mas também o legado de décadas de arte cinematográfica. Não há como negar a existência de nenhuma das duas artes. Na verdade, é necessário entender que inexiste uma hierarquia a qual possa distinguir, em importância, esses dois sistemas de comunicação e de expressão. A nova concepção de leitor e leitura exige uma postura metodológica interdisciplinar, ou seja, uma interação efetiva das várias modalidades discursivas.

> É muito mais produtivo, quando se considera a relação entre literatura e cinema, pensar na adaptação como quer Robert Stam, como uma forma de dialogismo intertextual; ou como quer James Naremore, que vê a adaptação como parte de uma teoria geral da repetição, já que as narrativas são de fato repetidas de diversas maneiras e meios artísticos ou culturais distintos [...].[42]

---

[41] JOHNSON, Randal. Literatura e cinema, diálogo e recriação: o caso de Vidas secas. *In*: PELLEGRINI, Tânia *et al. Literatura, cinema e televisão*. São Paulo: Ed. Senac, 2003. p. 51.

[42] JOHNSON, Randal. Literatura e cinema, diálogo e recriação: o caso de Vidas secas *In*: PELLEGRINI, Tânia *et al. Literatura, cinema e televisão*. São Paulo: Ed. Senac, 2003. p. 44.

Ao produzir leituras dialógicas entre filmes e obras literárias, pretende-se ampliar o conceito de leitura, redimensionar a função do sujeito leitor e dinamizar as formas de aquisição dos conhecimentos. Não se trata mais de acumular conhecimentos estanques, mas construí-los por meio de relações interdisciplinares, estabelecendo complementaridades e tecendo redes mais complexas de significação.

Se a arte de ler está em crise e se os seus métodos precisam ser revistos, é necessário tentar encontrar novos caminhos de validação da leitura.

# REFERÊNCIAS

ABDALLA JÚNIOR, Benjamin; PASCHOALIN, Maria Aparecida. *História Social da Literatura Portuguesa*. São Paulo: Ática/Bomlivro, 1994.

ALVAREZ, Vânia. *Súmulas de Aula de Literatura Portuguesa III*. Belém: UFPA, 1995.

AMOR & Cia. Direção de Helvécio Ratton. São Paulo: Riofilme, 1998.

BUTCHER, Pedro. *Cinema Brasileiro Hoje*. São Paulo: Publifolha, 2005.

CANDIDO, Antônio. *Literatura e Sociedade*. Estudos de Teoria e de História Literária. São Paulo: T. A Queirós Editor, 2000.

CASTELLO, José. O cinema ganha a literatura perde. *O Estado de S. Paulo*, 29.01.2000, p. 4, caderno 2.

COSTA, Lígia Militz da. *Textos Críticos*: Analisando a Literatura. Santa Maria: Pallotti/UNICRUZ, 2003.

COUTINHO, Afrânio. *Introdução à Literatura no Brasil*. Rio de Janeiro: Bertrand Brasil, 1995.

COUTINHO, Eduardo; CARVALHAL, Tânia. *Literatura Comparada* – Textos Fundadores. Rio de Janeiro: Rocco, 1994.

CULT – REVISTA BRASILEIRA DE LITERATURA. *Triângulo à Brasileira*. São Paulo: Lemos Editorial, n. 27, dezembro, 1998.

CULT – REVISTA BRASILEIRA DE LITERATURA. *Eça de Queirós, tradição e modernidade*. São Paulo: Lemos Editorial, n. 38, setembro, 2000.

FERREIRA, Aurélio Buarque de Holanda. *Dicionário Aurélio* – Século XXI. Rio de Janeiro: Nova Fronteira, 2000.

FLAUBERT, Gustave. *Madame Bovary*. Tradução de Fernanda Ferreira Graça. Sintra: Europa/América, s/d.

FREITAS, Verlaine. *Adorno & a arte contemporânea*. Rio de Janeiro: Jorge Zahar Editor, 2003.

GARCIA, José Manuel. *História de Portugal*. Uma visão global. Lisboa: Editorial Presença, s/d.

GIL, Antônio Carlos. *Como elaborar projetos de pesquisa*. 4. ed. São Paulo: Atlas, 2002.

KELLY, Celso. *Arte e Comunicação*. Rio de Janeiro: AGIR, 1972.

MOISÉS, Massaud. *A Literatura Portuguesa*. São Paulo: Cultrix, 1975.

MOISÉS, Massaud. *Realismo*. São Paulo: Cultrix, 1994. v. III.

MUECKE, D. C. *Ironia e Irônico*. São Paulo: Perspectiva, 1995.

OLIVEIRA MARQUES, Antonio. H. de. *História de Portugal*. Lisboa: Europália/Casa da Moeda, 1991.

PALMA, Glória Maria (org.). *Literatura e Cinema*: A Demanda do Santo Graal & Matrix / Eurico, o Presbítero & a Máscara do Zorro. Bauru: EDUSC, 2004.

PELLEGRINI, Tânia *et al. Literatura, Cinema e Televisão*. São Paulo: Editora Senac – Instituto Itaú Cultural, 2003.

PINHEIRO, I.C.L. *A Arquitetura Literária de Eça de Queiroz*. Curitiba: Editora Appris, 2024.

PROPP, Vladimir. *Comicidade e Riso*. São Paulo: Ática, 1992.

QUEIROZ, Eça de. *Alves & Cia*. São Paulo: Ediouro, 2001.

QUEIROZ, Eça de. *O Primo Basílio*. Santiago: Klick, 1997.

QUENTAL, Antero de. Discurso proferido numa sala do Casino Lisbonense, em Lisboa, no dia 27 de maio de 1871, durante a *1ª sessão das Conferências Democráticas*. Disponível em: https://www.arqnet.pt/portal/discursos/maio_julho01.html. Acesso em: 3 nov. 2023.

RAMOS, Feliciano. *História da Literatura Portuguesa*. Braga: Livraria Cruz, 1967.

REIS, Carlos; LOPES, Ana Cristina. *Dicionário de Teoria Narrativa*. Série Princípios. São Paulo: Ática, 1988.

REIS, Carlos. *Estatuto e Perspectivas do narrador na ficção de Eça de Queirós*. Coimbra: Almedina, 1981.

REIS, Carlos. *Literatura Portuguesa Moderna e Contemporânea*. Lisboa: Universidade Aberta, 1990.

RIBEIRO, Maria Aparecida. *História Crítica da Literatura Portuguesa*. Lisboa/ São Paulo: Verbo, 1994. v. VI.

SARAIVA, António José. *História da Literatura Portuguesa*. Póvoa de Varzim: Europa-América, 1972.

SARAIVA, Antônio J.; LOPES, Oscar. *História da Literatura Portuguesa*. Porto: Porto Editorial, 1996.

SARAIVA, José H. *História Concisa de Portugal*. Mira Sintra: Europa-amé-rica, 1979.

SARAIVA, Juracy Assmann (org.). *Narrativas Verbais e Visuais*. São Leopoldo: Editora Unisinos, 2003.

SEVERINO, Antônio J. *Metodologia do Trabalho Científico*. 22. ed. São Paulo: Cortez, 2002.

STAM, Robert. *O Espetáculo interrompido*: literatura e cinema de desmis-tificação. Tradução de José Eduardo Moretzsohn. Rio de Janeiro: Paz e Terra, 1981.

TEIXEIRA, Elizabeth. *Diretrizes para a elaboração do Trabalho de Conclusão de Curso*. Belém: EDUEPA, 2001.

THOMPSON, John B. *Ideologia e cultura moderna*: teoria social crítica na era dos meios de comunicação de massa. Petrópolis: Vozes, 1995.

XAVIER, Ismail. *O Cinema Brasileiro Moderno*. São Paulo: Paz e Terra, 2001.